libro per tutti

Questo libro è stato stampato
con la font *leggimi*,
appositamente studiata
per agevolare la lettura
e per diventare, fin da piccoli,
grandi lettori.

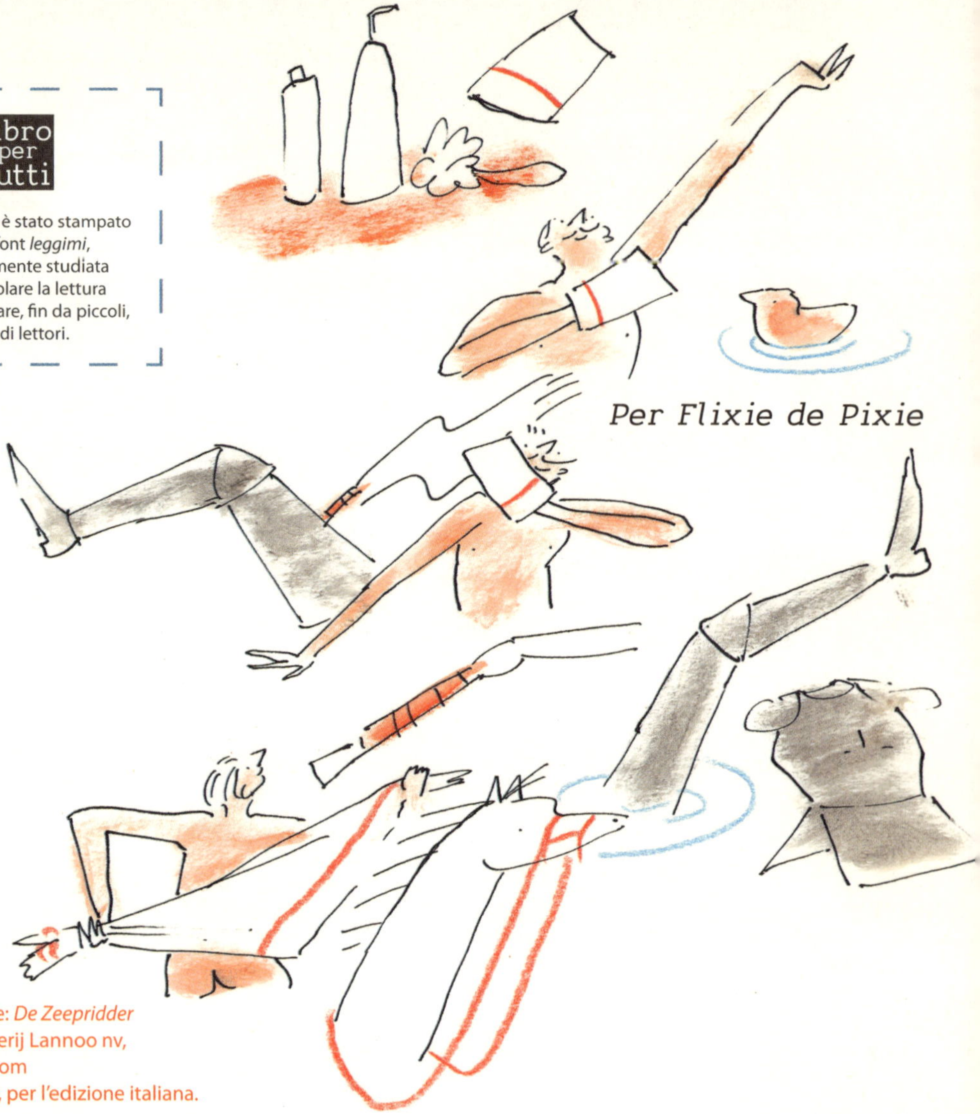

Per Flixie de Pixie

Titolo originale: *De Zeepridder*

Sinnos Soc. Coop. Sociale, ONLUS – Via dei Foscari 18, 00162 Roma
Tel. 06.44240603 – fax 06.62276832 – libri@sinnos.org – www.sinnos.org

ISBN 978-88-7609-305-0

Finito di stampare nel mese di ottobre 2015
presso OZGraf – Olsztynskie Zaklady Graficzne, Polonia

La Sinnos è una Organizzazione Non
Lucrativa di Utilità Sociale (ONLUS),
che ha come finalità il reinserimento
lavorativo di persone svantaggiate.

Flemish Literature Fund

La traduzione e la
produzione di questo libro
sono state supportate dal
Flemish Literature Fund
(www.flemishliterature.be)

Kristien In-'t-Ven

Il Cavaliere Saponetta

disegni di
Mattias De Leeuw

traduzione
dal nederlandese di
Laura Pignatti

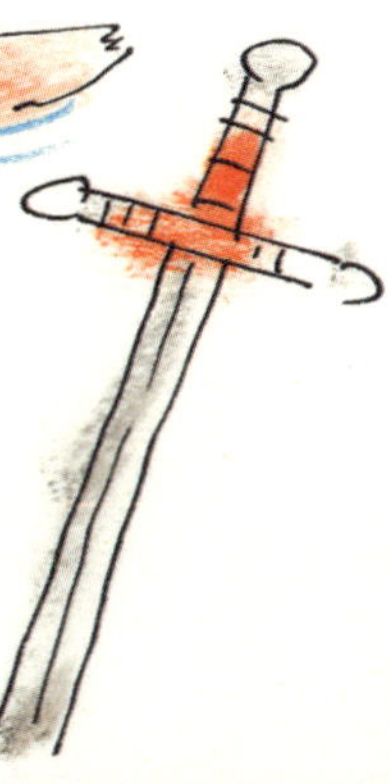

sinnos

STANCO. MOLTO STANCO

Cala la notte. Nel bosco cammina lento
un cavallo e in sella al cavallo c'è un uomo.
Ha i baffi lucidi e la corazza che brilla.
È il cavaliere Saponetta.
«Ci siamo quasi, Gaston».

Gaston, il cavallo, sospira.
Ha la lingua fino a terra ed è molto stanco.
Vengono da lontano. Il cavaliere ha lottato
contro il nemico con coraggio inaudito.
All'improvviso un rumore! Cos'è stato?
Gaston aguzza le orecchie.
Il cavaliere Saponetta si guarda intorno.
Ma niente, non si sente più niente.
Sarà stato il ruscello, che fruscia e borbotta?
Un albero forse? Un leprotto o un matto?
Ma alla fine non ha importanza: il cavaliere
Saponetta è stanco, avrebbe tanto voglia
di un bel bagno con un sacco di sapone.
E poi dritto a letto.

Ha in tasca una spugna. La bagna nel ruscello,
prima se la passa sulla faccia, poi sulle guance
del cavallo. «Dai, resisti Gaston! Ci siamo qua...».
La sua voce si blocca a mezz'aria,
perché dal bosco sbucano tre briganti!

Hanno facce proprio da briganti
e fanno un gran baccano.
«O la borsa o la vita!».
Ma il cavaliere non si fa
spaventare così facilmente
e sfodera subito la spada.
Fa *zac* e *zac!* E ancora *zac!*
E blocca i briganti.
Li lega tutti a un albero.

«Ma tu sei il cavaliere Saponetta!», dice il primo.
«Non ti avevamo riconosciuto!», fa il secondo.
«Per forza! Hai la corazza sporca!», strilla il terzo.
«Scusaci!», piangono tutti e tre i briganti.
«Non fatelo mai più o ve ne pentirete!»,
dice il cavaliere Saponetta severo.

Si lava la faccia e se ne va, ma i briganti
li lascia là, legati come salami.

FINALMENTE A CASA

Il cavaliere Saponetta in realtà si chiama Roger: Roger de Sen Tro Pè. Ma per gli amici e i nemici è il cavaliere Saponetta, perché è sempre pulito. Pulitissimo.
Molti cavalieri puzzano, non si lavano quasi mai, al massimo una volta all'anno.
Se proprio devono. O se sono costretti.
Il cavaliere Saponetta, invece, adora lavarsi.
E anche essere pulito.
È coraggiosissimo ed è sempre profumato.

E poi, gli piace pure lustrare per benino
il suo castello. Ci si può mangiare per terra,
per quanto sono puliti i pavimenti.
In più, Roger adora lavorare in giardino,
mettere in ordine e fare il bucato.
Separando sempre con attenzione
i panni bianchi da quelli colorati.
E adora battersi in duello,
anche se adesso preferirebbe proprio di no.

«Adesso è l'ora di una vacanza. Che bello!»,
dice con un sospiro.
Gaston approva le parole del padrone
con la testa. Se la sono proprio meritata,
una lunga, lunghissima vacanza.
«Buon viaggio! Cioè, scusatemi, chiedo venia:
bentornato!», dice Elmo.

Elmo è l'abbreviazione di Adelmo,
ed è il fido scudiero del cavaliere Saponetta.
Solo che è nuovo del mestiere,
ha ancora molte cose da imparare.

Il cavaliere smonta da cavallo
e si guarda intorno. È contento.
«Aah! Il mio bel castello!», esclama.
«Guardate che torri! Che atmosfera!
E che profumo di pulito!».
Gaston va nella sua stalla. Si mette a bere
acqua fresca di fonte e si riposa. Senza guai
o imprevisti. Tutto il resto può aspettare.

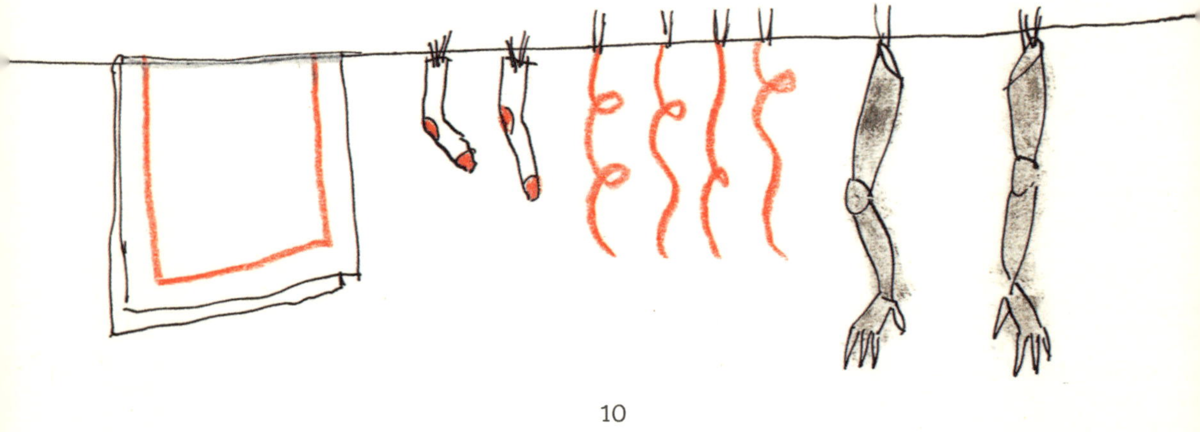

E FINALMENTE UN BAGNO

«È pronta la vasca?».
«Sì, l'acqua è bagnata a puntino»,
gli assicura Elmo.
«Vorrei ben vedere!», dice il cavaliere.
«Ehm, volevo dire: l'acqua è calda a puntino!»,
si corregge lo scudiero in tutta fretta.
«Dai, su! Portami lo sciampo!
E anche il bagnoschiuma!».
Elmo fa una faccia sorpresa.
«Il ragno e il puma?», chiede perplesso.
«Il bagnoschiuma! Per il bagno!», ripete
il cavaliere Saponetta. Quando è stanco
il cavaliere si arrabbia sempre molto in fretta.
«Hai ancora un sacco di cose da imparare, Elmo!».

Roger non vede l'ora di tuffarsi.
L'acqua è bella calda, la schiuma è soffice e bianca.
Proprio come piace a lui.
È stata un'estate faticosa,
con una battaglia dietro l'altra,
in continuazione.

Il cavaliere Saponetta si è sempre battuto
con coraggio e ardimento, senza tirarsi indietro.
Durante le sue missioni, ha dormito
in una tenda. Ma lui, il cavaliere Saponetta,
ogni volta pensa che le tende sono polverose.
E sono sempre sporche, molto sporche.
A lui piace un sacco dormire nel suo letto,
con lenzuola fresche e pulite.

Anche il cibo non era poi questo granché,
e a tavola c'era sempre qualche cavaliere
maleducato che si divertiva a fare brutti
rumoracci. E il cavaliere Saponetta
ne ha abbastanza di gente che mangia
a bocca aperta: per questo voleva tornare a casa,
e adesso, finalmente, è arrivato.
Uff! Che fatica!

NON È UN PROBLEMA. NO, PROPRIO PER NIENTE

Il cavaliere Saponetta socchiude un occhio.
Sente nell'aria un buon profumo di pane
appena sfornato, un odore pungente di ferro
e una vaga puzza di letame.
Ha il naso fino, lui, sente tutti gli odori,
ma proprio tutti, anche da molto lontano.
«Hai dormito bene? Sì, grazie»,
si dice allo specchio.
Allunga un braccio, poi l'altro,
stira per bene prima una gamba, e poi l'altra.

È ora di colazione. Roger si mangia una pera
e un grande sfilatino di pane bianco. Se ne taglia
un'altra fetta, beve un sorso di tè, dà un colpetto
di tosse che rimbomba minaccioso nella stanza.
Il castello in realtà è grande, molto grande
per un cavaliere solo.
E la tavola è lunga: molto, molto lunga
per un cavaliere solo.

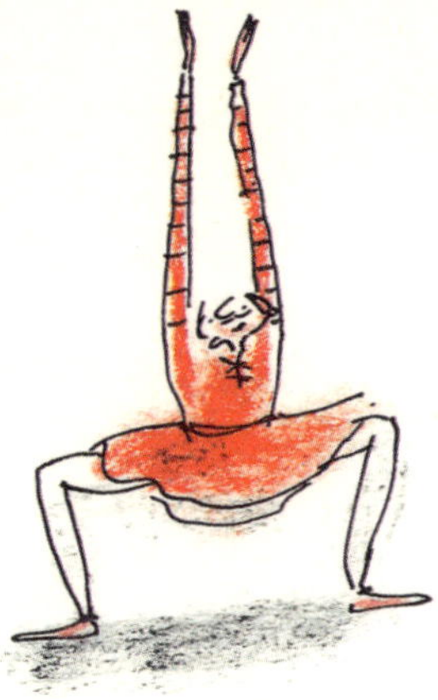

Un tempo, il cavaliere Saponetta era innamorato
cotto della bella Noor, una donna alta
come un castello, con una voce squillante
come una dolce campanella.
Ma poi non se n'era fatto più niente:
alla fine, Noor aveva sposato un altro cavaliere.

E quando l'aveva saputo, il cavaliere Saponetta
aveva proclamato ai quattro venti:
«Non mi innamorerò mai più! Un cavaliere
può vivere solo. Non è un problema.
No, proprio per niente».

LEZIONE DI BALLO

Oggi non gli serve la corazza.
Il cavaliere Saponetta finalmente è libero,
ha tempo! Tutto il tempo che vuole.
Tempo per la sua lezione di ballo.

Ballare gli piace un sacco.
Il suo cuore di cavaliere batte forte, fortissimo,
quando pensa al ballo.
Nella torre più alta del castello c'è una stanza.
È lì, che si metterà a ballare.

Davanti alla porta c'è un paggio di guardia
che non fa passare nessuno. Perché un cavaliere,
un cavaliere valoroso e forte, a cui piace ballare,
è una notizia che è meglio tenere segreta.
Segretissima.

Roger sale le scale in punta di piedi.
Ma a un tratto sente una voce che lo chiama.
È il fabbro.

«Adesso non posso», dice il cavaliere Saponetta.
«Ma è importante! Importantissimo!»,
grida il fabbro.
Ha due occhi grandi così e la faccia rossa.
«E va bene allora», gli dice a malincuore
il cavaliere Saponetta. Sta sulle spine,
i piedi gli prudono, vogliono ballare!

«Vorrei lustrarvi l'armatura con la sabbia,
che è un toccasana contro la ruggine»,
dice il fabbro.
Il cavaliere Saponetta fa segno di sì
con la testa. «Sì, lo so che è un toccasana.
Va bene, allora. Pulisci pure l'armatura
con la sabbia. Adesso però devo andare».
«Aspettate!», grida il fabbro ancora una volta.
E gli mostra un pezzo di ferro.
Un enorme pezzo di ferro. Ma che roba è?

Il cavaliere non capisce.
«Questo è uno stivale speciale: va sulla testa.
Così il nemico crederà che ci siano i piedi
e vi attaccherà da un'altra parte!»,
spiega il fabbro con una faccia tutta orgogliosa.
Ma il cavaliere non è contento.

«Sistemami le ammaccature della corazza»,
gli dice severo. «Che il nemico non sbaglia
un colpo. Mai!».
Il fabbro china la testa e annuisce.
Si mette al lavoro.
«E mi raccomando: voglio che sia bella lucida!»,
gli grida dietro il cavaliere Saponetta.

IL BRAVO BOB

Roger sale le scale. Ci siamo:
finalmente farà salti e piroette,
ne ha proprio voglia!
Nella stanza lo aspetta Bob.
«*Let's dance!*», gli dice.
Bob viene dall'Inghilterra.
È molto bravo. Bravo a cantare
e bravo a ballare!

«Ehm, nobilissimo cavaliere Saponetta?»,
si sente a un tratto. È Elmo.
Bob si nasconde in un armadio.
«Adesso non posso!», grida il cavaliere
sempre più seccato.
Ma Elmo dice: «È che... Volevo
informarvi che Pecora, il mio cavallo,
si è mangiato una montagna di fieno e...».
«Ma non me ne importa niente,
del tuo cavallo!», sbotta il cavaliere.
Bum! Con un colpo secco sbatte la porta.

Bob esce dall'armadio. Consegna
un paio di scarpe morbide al cavaliere.
Poi si guarda intorno.
«Ehi! E la tua *baby* dov'è?».
«La mia... Cosa?».

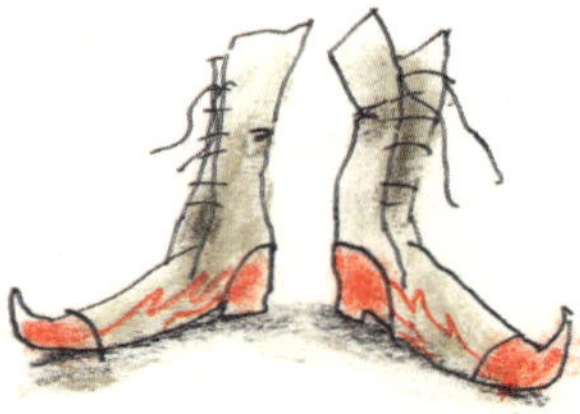

«Diamine! Il quick step si balla in due!».
Il cavaliere Saponetta è sorpreso.
Balbetta: «Ma, veramente io...».
Aveva sentito parlare del quick step,
un ballo di un paese lontano,
un ballo scatenato e divertente.
"Un ballo per una persona sola", aveva pensato.

Il cavaliere Saponetta si gratta la testa,
perplesso e disorientato.
«Puoi sempre ballare con Elmo», gli dice Bob.
«Elmo? Adelmo? Il mio scudiero? No di certo!».
«E allora niente quick step», dice Bob.
«Perché bisogna essere per forza in due».
Il cavaliere sospira. «Elmooo!».
La testa dello scudiero sbuca da dietro la porta.
«Vieni a ballare il quick step con me»,
gli dice il cavaliere, serio.

Elmo strabuzza gli occhi.
«Non lo sapevo mica,
che i cavalieri ballano
il quick step», dice.
«Hai ancora tante cose
da imparare, tu!», sospira
il grande Roger de Sen Tro Pè.

UNA LETTERA DEL RE

Roger prende Elmo e tutti e due saltano e girano e piroettano. Insomma, si balla!
«Bene, bravi! *It's all right!* Così si fa!», dice Bob che è proprio soddisfatto dei suoi due allievi.

Ma... Oh no! Chi è quel brutto ceffo davanti alla finestra?!
«Un bandito! Un brigante! Uno spione!», strilla il cavaliere Saponetta che, veloce come un lampo, spinge via Elmo e afferra la spada.

«Fermatevi... Per carità! Io sono qui...
Per conto... Del re!».
L'uomo ansima, parla a fatica.
Il cavaliere Saponetta depone la spada.
L'uomo entra nella stanza. La finestrella
è stretta stretta e lui invece è bello largo.
Non è un'impresa facile.

«Da dove ha detto che viene?», gli chiede
il cavaliere.
«Ho superato a piedi tutta la foresta.
Poi ho attraversato il fosso a nuoto.
E alla fine mi sono arrampicato sulla torre».
«E cosa vuole da me?».
«Ho qui una lettera per voi.
È da parte di re Felix», dice l'uomo.
«Senz'altro è bello ricevere lettere dal re.
Ma c'era proprio tutta questa fretta?».
«C'è molta, molta fretta».

«Ma io ho da fare, non lo vede?».
«Leggete qui per favore!», dice l'uomo.

"Al cavaliere Roger de Sen Tro Pè.
So che eri in vacanza. Ma adesso non lo sei più.
Vieni al palazzo. E non domani.
E neanche tra un po'. Vieni adesso, subito,
di corsa! E acqua in bocca! Il Re".

Il cavaliere Saponetta non capisce:
cosa può essere successo di così grave?
«Il re vi aspetta con ansia», gli dice l'uomo,
che fa una faccia severa e corrucciata.
«Ma adesso non posso!», gli dice il cavaliere.
«Dovete!».
«Ho combattuto coraggiosamente per un sacco di tempo. E adesso sono in vacanza.
V-A-C-A-N-Z-A! Capito? Me la merito!».
«Il re ha deciso così», dice l'uomo, solennemente.

Il cavaliere Saponetta sospira. Quando il re vuole qualcosa, lo ottiene. Lui è il re.
Non c'è nient'altro da fare. Deve andare. Ma poi vuole una vacanza. Una vacanza vera. E lunga.

«Il lavoro mi chiama, Bob»,
dice il cavaliere Saponetta sospirando.
«*No problem*», dice Bob sgambettando.
«Elmo, preparami il cavallo per favore. Vado».
«E io?», chiede Elmo. «Cosa devo fare?».
«Tu rimani qui», dice il cavaliere.
Ed esce a grandi passi.

CESPUGLIO A SORPRESA

«E io che volevo starmene in pace!»,
dice il cavaliere Saponetta davanti allo specchio.
Non è contento. Fa una faccia scontrosa
e arrabbiata. Ha la bocca tra due parentesi
e i capelli dritti in testa.
Fuori Gaston è già pronto.

«Cosa farei io senza di te?», sospira il cavaliere
Saponetta accarezzando il suo fido destriero.
Il cavallo, da parte sua, sbuffa, il che, di solito,
significa: «Anche io ti voglio bene».
Si incamminano insieme, entrano di nuovo
nella foresta, procedono lungo il ruscello.
A un tratto, si sente uno scricchiolio.
Il cavaliere Saponetta sguaina subito la spada.
Le foreste sono sempre piene di briganti.

«C'è qualcuno?», chiede.
«No», è la risposta
che sente arrivare.
«Come sarebbe a dire, no?».
«Per davvero.
Qui non c'è
proprio nessuno».

«Che strano...
E come fai a parlare, se non ci sei?».
«Boh! Non lo so nemmeno io, come faccio».
Il cavaliere Saponetta smonta dal cavallo.
Guarda nel cespuglio.
E scopre che qualcuno, ovviamente, c'è: Elmo!
«E tu che ci fai qui?».
«Ehm... Voglio venire anch'io».
«Non puoi!».
«E perché?».
«Perché questa è una missione segreta.
Super segreta. Me l'ha detto il re.
E il re è il capo».
«Ma io voglio venire! Per favore!».
Elmo fa una faccia lunga e gli occhi dolci.
«Ma Elmo! Devi imparare ancora tante cose, tu...».
«E come faccio a imparare, se non posso venire in missione? Anche voi, un grande cavaliere, avrete cominciato da qualche parte no?».

Il cavaliere Saponetta ci pensa un po' su.
È vero: si impara facendo.
Lui pure ha imparato così.

Ci sono ancora tante cose che Elmo non sa,
e se non le fa, come può saperle?
«E va bene. Ma niente chiacchiere!».
Elmo annuisce obbediente e salta in groppa
a Pecora, che è il suo cavallo: è piccolo e bianco,
assomiglia proprio a una pecora,
e invece è proprio un cavallo.

Insieme attraversano valli e montagne.
Il sole splende.
«Un giorno anche io sarò un cavaliere»,
dice Elmo, convinto.
«Quando sarò grande, ovviamente».
«Ho detto niente chiacchiere!»,
brontola il cavaliere Saponetta.

IL CASTELLO DEL RE

Il cavaliere Saponetta bussa delicatamente
alla porta del castello. Si è infilato sulla testa
un cappuccio, in modo che nessuno lo riconosca.
La porta si apre, appena appena,
e un lacchè sbircia fuori sospettoso.
Il cavaliere Saponetta fa vedere la lettera.
Il lacchè studia in fretta la faccia
sotto il cappuccio, e poi lancia un'occhiata
interrogativa a Elmo.
«Lui è con me», dice il cavaliere Saponetta.

«Seguitemi, il re vi aspetta», dice il lacchè.
«Non potrei darmi una rinfrescata prima?
Sono tutto sudato e impolverato!»,
esclama il cavaliere Saponetta spaventato.

«Non c'è tempo».
«Solo un bagno veloce, ti prego!».
Ma ecco che arriva il re. Addio bagno.
«Accomodati, cavaliere Saponetta!».

Il re si chiama Re Felix Primo Tra Tanti.
Ma per gli amici è semplicemente il re.
«Gradisci un sigaro?», dice porgendo
la sua scatola di sigari pregiati.
«Grazie, no. Però mi farei volentieri un bagno,
che sono tutto sudato», dice il cavaliere Saponetta.
«Il tuo bagno dovrà aspettare, abbiamo
un'emergenza! E se non ti affretti a fare
qualcosa, qui finiremo *tutti* a bagno».

Il cavaliere Saponetta si spaventa:
«E chi è il nemico stavolta?».
Il re sta in silenzio per un po', si guarda intorno e poi, come se avesse paura di svegliare qualcuno, dice sottovoce: «Un drago».

La notizia arriva potente come una bomba.
«Che cosa? Ho sentito bene? Un drago?».
«Sì, uno di quei cosi pieni di squame che sputano fuoco, grugniscono e puzzano. E sono anche molto, molto grossi. Insomma: un drago».
Il cavaliere Saponetta è sbalordito.

IL TERRIBILE DRAGO

«Ma voi l'avete visto il drago?»,
chiede il cavaliere Saponetta.
«No, io no».
«E chi l'ha visto, allora?».
«Lo so da una fonte attendibile», risponde il re.
«Sì, ma chi è?», insiste il cavaliere Saponetta.
Ma il re si alza in piedi e tuona: «Il Monte Blu
è in fiamme. Tutto è distrutto, la gente scappa,
e anche mia moglie ha detto: "Non se ne può
proprio più!". E io sono d'accordo».

Proprio in quel momento arriva la regina Anna.
«Abbiamo tanta paura, cavaliere Saponetta.
Ci devi aiutare!».
«Quel drago va eliminato. E al più presto!»,
rincara la dose il re. E mentre lo dice,
batte il pugno sul tavolo. È deciso.

Il cavaliere Saponetta si schiarisce la gola.
Prende fiato.
«Sire, capisco la vostra impazienza,
ma devo dirvi di no. Io non mi sono mai battuto
contro un drago. E poi adesso sono in vacan...».

La porta si spalanca all'improvviso ed entrano
due ragazze: una è scatenata come un cavallo
pazzo, tutta piena di macchie. L'altra invece
è mite come un agnello, linda e pulita.
«Lucy, ma come ti sei conciata? Sei tutta
una macchia! Sei tutta sporca!», esclama la regina.
La principessa Lucy corre dal cavaliere Saponetta

e lo indica. «Ma anche lui è tutto inzaccherato!»,
dice con una risatina.
«Scusatemi, è che io... Non ho avuto
il tempo di fare un bagno...»,
balbetta il cavaliere Saponetta, a disagio.
«Ma essere sporchi è divertente! Io lo adoro!»,
strilla la principessa Lucy.

E con il suo vestito tutto infangato
si accomoda su un grande pouf bianco.
O meglio, su un grande pouf
che *prima* era bianco.

LA SPLENDENTE LINDA

La sorella di Lucy si chiama Linda.
La principessa Linda è profumata e ordinata,
sempre bianca e splendente.
Linda ha un vestito bianchissimo con la gonna
perfettamente stirata. Appena entra, dà un bacio
alla madre e un bacio a suo padre, poi si siede
e si mette a lavorare tranquillamente a maglia.
Sta facendo una lunga sciarpa.

Il cavaliere Saponetta rimane a bocca aperta.
Si mette una mano sul petto,
sente il suo cuore che batte come un matto.
Ma quanto è graziosa, pulita e perfetta!
Sul vestito non ha nemmeno una macchia
e non c'è neanche un capello fuori posto.
Il gomitolo di lana danza ai suoi piedi.

"Oh, quanto vorrei essere io,
quel gomitolo di lana!", pensa il cavaliere.
Il re lo guarda.
«E poi, ci sarebbe anche un'altra questione...».
Ma il cavaliere Saponetta non gli dà retta.
Lui ora ha occhi solo per Linda.
«Diamine cavaliere!
Vuoi ascoltare quello che devo dirti
o vuoi continuare a far finta di nulla?».
«Perdonatemi, sire, cos'è che stavate dicendo?».
«Il drago si avvicina alla nostra villa ai piedi
del Monte Blu. Nel giardino della villa ci sono
i gigli di Linda, e Linda senza i suoi gigli rossi
si sente triste. Tanto triste!».

La principessa Linda fa segno di sì con la testa,
smette di lavorare a maglia,
le inizia a tremare un labbro. Sospira
e singhiozza, e una lacrima le cola sul vestito.

A un tratto il cavaliere Saponetta
non ha più voglia di vacanza.
Per Linda farebbe qualsiasi cosa. Qualsiasi.
Si mangerebbe perfino un calzino a colazione.
O proverebbe a mettere il mare in un barattolo.

«Allora, cosa dici?», gli chiede il re.
«Ci vado! Sicuro che ci vado!»,
esclama il cavaliere Saponetta.
Il re sorride. «Non avevo dubbi».

A CORTE

Elmo sta seduto in un angolo,
buono e tranquillo. Deve fare così.
Chiede: «Vengo anche io?
Andiamo dai gigli di Linda?».
Il cavaliere Saponetta lo guarda,
ma non lo vede. Non gli importa di niente.
Tutto quello che vuole è salvare quei gigli
e far tornare il sorriso sulle labbra di Linda.

Il re si alza in piedi.
«La corte ora scende nel parco», dice.
La principessa Linda lo segue e il cavaliere
Saponetta segue Linda. Il parco è verde e grande
e pieno di fiori. Ma quello chi è?
Compare infatti un uomo alto, pieno di capelli,
che va dal re e gli tende la mano. Poi bacia
la mano della principessa Linda,
che diventa tutta rossa.

Il cavaliere Saponetta si nasconde dietro una siepe in tutta fretta. Li tiene d'occhio. È sospettoso.
«Allora, l'hai rivisto il drago?»,
chiede il re allo sconosciuto.
«Eccome! Ed è sempre più cattivo»,
dice l'uomo alto alto.
«Ma il cavaliere Saponetta lo ridurrà
in una polpetta! Aspetta e vedrai!».
L'uomo alto ha come un sussulto.
«Il cavaliere Saponetta? Ma non era in vacanza?».
«Adesso non più», precisa il re.
L'uomo alto tace, e poi aggiunge: «Lasciate a me quest'impresa, che sono io il più forte!».

Il cavaliere Saponetta non crede alle sue orecchie.
Infuriato esce di corsa da dietro la siepe.
«Cos'hai detto?», gli strilla in faccia.
«Ripetilo se hai il coraggio!».
«Cavaliere Saponetta, questo
è il conte Grigio», dice il re.

«Conte Grigio, questo è il cavaliere Saponetta».
«Quale onore!», esclama il conte Grigio
e gli tende la mano.
Il cavaliere Saponetta, a malincuore, la stringe.

«Ho appena offerto il mio aiuto contro il drago»,
dice il conte Grigio e fa vedere la sua spada.
«Non ce n'è bisogno, ci penso già io»,
risponde il cavaliere, piccato.
«Ma come, non eri in vacanza?
La vacanza è un diritto!».
Il cavaliere Saponetta è furibondo adesso:
«Il re l'ha chiesto a me, non a te!».
«Ma ugualmente, io posso battere il drago.
E da solo!», dice il conte Grigio.
«Ma niente affatto!», sbotta il cavaliere Saponetta.

Sono lì, naso contro naso. Il cavaliere Saponetta
protesta, sbuffa, fa gli occhiacci.
Il conte Grigio se la ride.

«Perché non ci andate insieme?», propone il re.
«Sì, sarebbe molto meglio», dice la regina.
«Si tratta di un drago tremendo, o almeno,
così ho sentito dire».

Il cavaliere Saponetta fa l'offeso.
«E va bene, allora», accetta alla fine,
dopo che tutti lo guardano con insistenza.
«È un'ottima idea, sire», dice il conte Grigio.

Si vede benissimo che vuole blandire il re.
Anzi, si inchina davanti a lui togliendosi
il cappello. Poi si inchina anche davanti
alla principessa Linda. Si inchina fin quasi
a toccare terra: si inchina così tanto
che si impolvera il naso.

ANCHE I CAVALLI HANNO SENTIMENTI

I tre cavalli sono pronti, i tre uomini pure.
Rivolgono un cenno di saluto al castello.
Sul balcone ci sono re Felix e la regina Anna.
E accanto a loro Linda e Lucy.
La principessa Linda soffia un bacio nell'aria.
La principessa Lucy intanto
cammina sulle mani con i piedi per aria.

Il cavaliere Saponetta cavalca Gaston.
Elmo è in groppa a Pecora. E il conte Grigio?
Lui ha un cavallo che si chiama Macho.
Macho è grosso, nero, veloce come una freccia.
Cavalcano verso sud, dove c'è il Monte Blu
e dove c'è il terribile drago.
Sconfiggere il mostro, questo è il loro compito.

Il cavaliere Saponetta controlla il conte Grigio.
È sospettoso. Non si sente a suo agio.
Chi è veramente quell'uomo? E che cosa vuole?
Elmo fa quello che deve fare: sta in silenzio.
Proprio come il conte Grigio,
che tiene lo sguardo fisso davanti a sé.
Anche i cavalli non sono tranquilli.
Sembrano arrabbiati. A Macho non piace Gaston.
E a Gaston non piace Macho.
Succede: anche i cavalli hanno sentimenti.

CAVOLO E PANCETTA

È tardi. Le pance dei tre cavalieri (e dei tre cavalli) brontolano. Vedono una locanda con la luce accesa e si fermano.
I cavalli riposano nel cortile. Ricevono un secchio d'acqua e una manciata di fieno.

I tre uomini entrano. Il cuoco indica loro un tavolo, poi porta un vassoio con pancetta e cavolo.
«È squisito», dice il cavaliere Saponetta, mangiando di gusto.
«Buono davvero», si associa Elmo con la bocca piena.

Il conte Grigio invece guarda dritto nel piatto.
Storce il naso. Si lamenta.
«A me non piace il cavolo!
Il cavolo è un cibo da poveri diavoli».
Infilza la pancetta con la forchetta, spalanca la bocca e se la pappa in un boccone.
Poi mangia anche una fetta di torta.
Il grasso gli cola dal mento.
Gli scappa un gran rutto.
«Ooh!», geme il cavaliere Saponetta.
Non lo sopporta.

Il conte Grigio si pulisce le mani sulla tovaglia,
lasciando lunghe macchie di unto, poi si alza.
«Bene, io sono pieno! Vado a vedere Macho»,
ed esce rumorosamente.

Il cavaliere Saponetta riprende fiato.
Che maleducato che è quel conte!
Mai visto un tipo così!

LA VECCHINA MISTERIOSA

Vicino alla porta compare un'ombra,
che si allunga minacciosa. Il cavaliere Saponetta afferra la spada fulmineo e si prepara all'azione. Poi guarda un po' meglio, e si accorge che è solo una vecchina, che si avvicina a piccoli passi.

«Posso dirvi una cosa?», chiede lei. Ha la voce gracchiante da strega e uno sguardo fisso assai inquietante.
«Ehm, sì, può dirmi se c'è un bagno nei paraggi?», chiede il cavaliere Saponetta esitante.
Ma la donnina strilla: «Non andate sul Monte Blu! Andrà tutto a finire male!
Arriveranno disgrazie terribili!».
Ecco, il cavaliere Saponetta inizia a spaventarsi.

«E tu, Adelmo, sei ancora così giovane!
Troppo giovane per morire! Non andare!»,
continua a strillare la vecchina.
Poi, a un tratto, così come è apparsa,
l'anziana signora scompare.

Il cavaliere Saponetta sibila, a bassa voce:
«Ma come faceva a sapere del Monte Blu?
Siamo in missione segreta!».
«E come faceva a conoscere il mio nome?»,
chiede Elmo.
«Aveva i capelli tutti storti, secondo me portava
una parrucca», dice il cavaliere Saponetta.
«E aveva una voce così strana...», dice Elmo.

Ma poi, ecco il conte Grigio che ritorna
tutto baldanzoso. «Ma avete sentito cos'ha detto
quella vecchietta?!», dice. «E sapete che vi dico?
Che secondo me ha ragione!
Torniamo indietro finché siamo in tempo!».
«Ma perché?».
«Il drago è troppo forte. Sarà la nostra morte!».
Il cavaliere Saponetta guarda il conte.

«Torna indietro tu, se proprio vuoi»,
gli dice gelido. «Io vado a sconfiggere il drago».
E si alza.
«Ma prima, mi faccio una bella dormita».

ECCO, CI MANCAVA SOLO QUESTO

Nella stanza ci sono due letti:
uno per il cavaliere Saponetta e uno per Elmo.
Il cavaliere Saponetta ispeziona tutto
e poi storce il naso. «Il lenzuolo puzza di muffa!», protesta. «E il piumino è sporco!».

Elmo invece non fa una piega e si tuffa beato nel suo letto. Poi chiede: «Voi cosa ne pensate del conte Grigio?».
«Non mi piace. Non mi piace per niente!».
«Ma ha fatto qualcosa di male?».
«Male?», sbotta il cavaliere Saponetta. «Quello è tutto finto! Un bugiardo! Un millantatore!».
«Secondo me è un grande», dice Elmo con un sospiro. «E anche il suo cavallo è proprio figo».
«*Figo? Grande?*», esclama il cavaliere Saponetta scandalizzato. Le parole suonano come sputi, come se avesse della pittura in bocca.

Guarda il letto e già si sente prudere ovunque,
ma non c'è niente che possa fare,
così fa un respiro profondo e poi si distende.
Con la corazza e tutto.
"Non muoverti, Roger", pensa. "Non annusare, stai fermo così, immobile".
Di fianco a lui Elmo dorme già. E russa, russa fortissimo. Ecco, ci mancava solo questo.

TUTTA COLPA DELLA CORAZZA

Canta il gallo, il sole si affaccia in cielo
e il cavaliere Saponetta vorrebbe alzarsi.
Ma non ci riesce! È rigido come un bastone!
Elmo gli dà una mano.
Prima a scendere dal letto: «Ahia!».
E poi a scendere le scale: «Ohi! Ahi! Uhi!».
Roger sembra vecchissimo e acciaccatissimo,
ma non è così. È tutta colpa della corazza.

Le armature vanno sempre tolte prima di andare a dormire. Ed è tutta colpa del letto sporco, per questo il cavaliere non si è nemmeno spogliato. Il conte Grigio è già in piedi. Cammina nel cortile.

«Hai dormito bene, caro?»,
chiede al cavaliere Saponetta.
Roger bofonchia qualcosa, come risposta.
«E la tua armatura? Ha dormito bene anche lei?
È stata comoda?». Il conte Grigio lo prende in giro.
Elmo ridacchia.
Il cavaliere Saponetta lo guarda arrabbiato.
«Ma su! Era solo una battuta», dice Elmo.
«Era una battuta stupida! Stupidissima!».
«Ma no! Secondo me il conte Grigio è proprio
un gr...».

Ma il cavaliere Saponetta gli tappa la bocca:
«Devi imparare a stare zitto!».
Elmo fa la faccia triste.

Il conte Grigio monta in sella a Macho.
Macho nitrisce forte e si impenna.
"È tutta scena", si dice il cavaliere Saponetta.
Si rimettono in cammino, ma che succede?
Gaston ha un passo strano, ondeggia,
si sbilancia, e poi finisce nel fosso!
Il cavaliere Saponetta è tutto bagnato.
E l'acqua del fosso, per di più,
non è per niente pulita.

«Bah!», esclama il cavaliere Saponetta
e si scrolla l'acqua dai capelli.
Il conte Grigio intanto si sbellica dalle risate:
«Volevi proprio farti il bagno, no?».
Elmo non ride. O comunque ci prova, e si mette
la mano davanti alla bocca per trattenersi.

Il cavaliere Saponetta guarda negli occhi
il suo cavallo. E quello che vede non gli piace:
un occhio va di qua e uno di là.
Il povero Gaston non riconosce il suo padrone
e non riesce a mettersi in piedi.
Sembra fatto di budino.
«E allora?», sbotta il conte Grigio. «Vi volete
muovere? Non stiamo mica andando
a fare un picnic!».
Il cavaliere Saponetta si morde il labbro.
"Questa me la paghi! Ti darei un colpo in testa!",
pensa.
Tira le redini di Gaston. E tira. E tira.

«Guarda che quel ronzino non lo tiri più fuori
da lì!», dice il conte Grigio e dà un colpo
di speroni a Macho. Il cavallo si impenna ancora
e in un baleno è lontano, non più grande
di un puntino.

UN RUSSO, UN LAPPONE E UN NORVEGESE

«E adesso?», si chiede il cavaliere Saponetta.
Elmo tace.
«Fido scudiero, ti ho fatto una domanda!
E adesso?», sbotta il cavaliere Saponetta.
«Mi avevate detto di tacere, e per questo taccio»,
risponde lo scudiero.
«E adesso invece ti chiedo di parlare!».
«Quindi posso dire tutto quello che mi passa
per la testa?», chiede Elmo.
Il cavaliere Saponetta ha una faccia triste e stanca.
Credeva che Gaston fosse un buon cavallo,
un destriero di cui fidarsi e con cui condividere
mille avventure, ma adesso gli sembra solo
sciocco. E un cavallo sciocco non è molto utile.
Sprona Gaston, e lo risprona,
ma lui non si muove.

Elmo ha un'idea:
«Posso raccontarvi una barzelletta?».
«Una barzelletta?», sbotta il cavaliere Saponetta.
«Ma sei matto? Ti sembra il momento adatto?».
Elmo però la racconta lo stesso.
«Allora, ci sono un russo, un lappone
e un norvegese...».
Gaston è ancora a mollo nel fosso
con lo sguardo fisso davanti a sé.

«...E allora il lappone fa: *BUUUH!*»,
strilla Elmo all'improvviso.

Il cavaliere Saponetta cade dalla sella.
Anche Gaston si spaventa, e si spaventa
talmente tanto che con un balzo prodigioso
salta fuori dal fosso.
Il cavallo si guarda intorno, come se si fosse
appena svegliato da un lungo sonno,
poi va dal suo padrone, che lo consola
con un piccola pacca sul fianco.

Gaston trema tutto, si sente confuso,
è strano davvero. “E se ci fosse lo zampino
del conte Grigio?”, pensa il cavaliere Saponetta.
«Visto?», dice Elmo tutto fiero.
«Visto cosa?».
«La mia barzelletta ha funzionato. Ha funzionato!».
«Ma non essere sciocco, è stato un puro caso!»,
lo rimbrotta il cavaliere Saponetta.

Elmo fa l’offeso e abbassa gli occhi.

PAURA? CHI? IO?

«Forza! Al trotto!», ordina il cavaliere Saponetta.
Vuole raggiungere il conte Grigio
e sprona Gaston che corre e galoppa.
Anche Pecora si affretta. O meglio: fa quello
che può e non è facile andare veloci
con zampe corte come le sue.

Poi, il Monte Blu compare all'orizzonte.
Minaccioso.
Si riesce a scorgere anche il parco della villa
reale: si intravede un grande prato
con i gigli rossi di Linda.
La brezza li accarezza e li culla dolcemente.
"Uff! Per fortuna!", pensa il cavaliere Saponetta.
"Almeno i gigli ci sono e il drago non è arrivato,
non ancora".

Mentre entrano nel parco, Roger pensa a Linda,
alle sue calze bianche, alla sua gonna
pulita e profumata di bucato.
Ma poi, all'improvviso, il cavaliere Saponetta
cambia umore. Si rabbuia. Cos'ha visto?
Nel parco c'è il conte Grigio. Ha in mano
un grosso mazzo di fiori. Sono gigli rossi.
Saranno forse per la principessa Linda?
Il cavaliere Saponetta è furioso.

«Siamo qui per il drago!», esclama con rabbia.
«Non siamo mica venuti a raccogliere fiori!».
«Oh, sei già qua tu? Non ti eri fermato
nel fosso a farti il bagno?»,
chiede il conte Grigio sorridendo.
«Sei solo un fannullone!».
«E tu sei un poltrone vanesio!».
«Quello sei proprio tu!».
«No, tu!».

E vanno avanti così, a insultarsi e a gridare,
per un bel pezzo. Non è proprio uno spettacolo
degno di cavalieri valorosi.

Poi si avvicina un contadino, tutto agitato:
«Presto! La casa di mio nipote è andata in fumo!».
«È stato il drago? E tu lo hai visto?»,
chiede Elmo.
Il contadino però fa segno di no.
«È stato lui, ma non l'ho visto...
Dicono che si nasconda in cima alla montagna,
dentro la vecchia grotta».
«Rotta? Dici che la montagna si è rotta?
E quando?», chiede il conte Grigio.
«La grotta, ho detto che è nella grotta»,
gli spiega il contadino.

«Il drago è lì dentro? Venite andiamo!
È in trappola allora!», esclama il conte Grigio
sguainando la spada.
Il cavaliere Saponetta invece tace. È pensieroso.
«Cosa c'è, pivello? Non avrai mica paura, vero?»,
sibila il conte tra i denti.
«Paura? Chi? Io?».

E il cavaliere Saponetta
sprona Gaston
che parte a razzo.
Il fido destriero è di nuovo
in forma, per fortuna.

MA È MORTO?

La montagna è ripida e sassosa, e Gaston arranca e fatica. Pecora, con in groppa Elmo, lo segue ansimando. Per ultimo viene l'enorme Macho con il conte Grigio.

A un tratto il cavaliere Saponetta si ferma. Il naso gli pizzica e gli occhi gli lacrimano. «Che puzza!», si lamenta e comincia a tossire. «Ma dove? Io non sento niente», dice Elmo tutto tranquillo.
«Ah! Ah! Cavaliere Saponetta sei il solito esagerato! Sei proprio un damerino!», dice il conte Grigio che ricomincia a stuzzicarlo. Ma il cavaliere Saponetta continua a tossire.

Tossisce, tossisce ancora, non ce la fa più.
«Aiuto! Soffoco!», geme.
Elmo scende da cavallo e corre verso di lui,
ma è già troppo tardi: il cavaliere Saponetta
è caduto dalla sella con un gran clangore
metallico dell'armatura sulle rocce.

«Ma è morto?», chiede il conte Grigio.
Elmo si china sul suo padrone.
«No, macché!», risponde tranquillo,
e si affretta a prendere i sali. «A volte, succede
che il cavaliere Saponetta svenga, quando sente
una puzza troppo forte. I sali servono sempre».
Il cavaliere Saponetta si riprende,
e si tiene il naso tappato con una mano.

È buffo da vedere, un cavaliere che si stringe
il naso con la sua mano di ferro,
ma senz'altro funziona.
Elmo lo aiuta a rimontare
in sella e così si rimettono
finalmente in cammino.

DOMANI SCONFIGGO IL DRAGO

Raggiungono una casetta, è la casa del nipote
del contadino. O meglio, raggiungono
ciò che resta della casetta.
Sono solo rovine, e fumano ancora.
Il nipote del contadino è seduto per terra,
disperato. Piange. «Sono rimasto senza casa»,
singhiozza. «Dove dormirò adesso?
E dove mangerò? Oh, povero me!».

«Guardate qui!», dice il cavaliere Saponetta.
«Nel fango c'è una forma. Un'impronta!».
È una zampa con quattro dita.
Sono dita enormi, anzi, gigantesche.
Il drago è stato lì, questo è sicuro.
Il cavaliere Saponetta sente un brivido
che gli sale sulla schiena.

Sulla montagna c'è un grande silenzio, gli animali
se ne sono andati tutti, le persone sono scappate.
Tutto è nero e bruciacchiato.
«Seguiamo le orme!», dice il cavaliere Saponetta.
E si avvia sul sentiero.
Elmo lo segue. Ha paura. È stato lui
a voler partecipare a quest'impresa,
è vero, però adesso ha paura.
Una paura davvero tremenda.

Lui, Adelmo, non è ancora un vero cavaliere.
Ha ancora così tante cose da imparare!
Il conte Grigio non ha paura. Per niente.
Anzi. Fischietta e canticchia tutto allegro.
«Come siete coraggioso voi!», gli dice Elmo
ammirato e il conte gli risponde
facendo un verso strano.

Dov'è passato il drago, passano anche loro.
Cammina cammina, arrivano in cima
alla montagna. Per terra, da una parte,
si apre un buco. Un grosso buco nero.
Le orme entrano nella grotta. Deve proprio
essere quella di cui parlava il contadino.
È una grande grotta e sembra completamente
vuota, perché non si vede nessuno,
nemmeno il terribile drago.

È già l'imbrunire, il sole è calato
dietro le montagne e non si distingue
quasi più niente.
Questo può essere un problema.
Hanno paura, tanta paura,
e starsene al buio, con un drago
in giro che può ritornare
da un momento all'altro,
può essere pericoloso.

«Dormiamo qui fuori»,
dice il cavaliere Saponetta. «Domani mattina, appena fa giorno, entreremo nella grotta».
«Ma sì, damerino, dormi pure tranquillo. Ci sto io a fare la guardia qui!», dice il conte Grigio.
Il cavaliere Saponetta alza lo sguardo.
«Dici sul serio?».
«Ma certo! Fai sogni d'oro, cavaliere Saponetta».
«Grazie», dice Roger de Sen Tro Pè. E intanto che si sdraia pensa: "Quel conte, in fondo, è proprio un bravo ragazzo".

Si sdraia su un sasso (un sasso duro e scomodo) e pensa al suo letto, e alla principessa Linda.
Accanto a lui c'è Elmo,
anche lui steso su un sasso.
"Domani sconfiggo il drago", si dice il cavaliere.
"Mi alzo di buon'ora, e appena lo vedo, lo faccio a pezz...".
Zzzzzzz.

TUTTO NERO

Il cavaliere Saponetta scrolla Elmo per le spalle.
«Sveglia! Sveglia!».
Elmo si sveglia di soprassalto. L'alba è appena cominciata e lui si stropiccia gli occhi, confuso.
«Il conte Grigio è scomparso! E anche Macho!», strilla il cavaliere Saponetta.
«Cosa? Se li è mangiati il drago?», chiede Elmo, che improvvisamente comincia a tremare come una foglia al vento.
«Temo proprio di sì».
«Oh, povero conte Grigio!».

«Vieni, andiamo a cercarlo nella grotta», dice il cavaliere Saponetta.
«Era così coraggioso!», singhiozza Elmo.
«E così forte!».
Il cavaliere Saponetta lo guarda serio, ma non dice niente. Poi sguaina la spada ed entra nella grotta in punta di piedi.

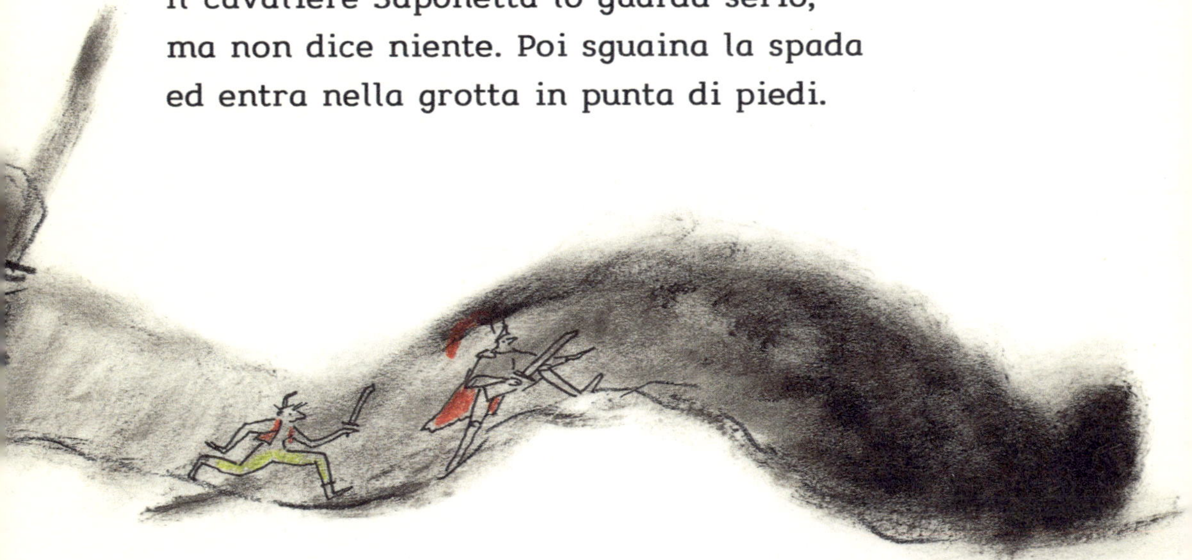

Elmo lo segue, anche lui sguaina la sua spada.
Ci sarà da combattere, e tutti e due
devono essere forti, e coraggiosi, e furbi.
Non devono farsi divorare dal drago,
come il povero conte Grigio.
Nella grotta c'è un buio pesto e l'aria è soffocante.
Strisciano lungo il muro,
continuando a seguire le orme del drago.
Fino a che...

Le tracce si fermano improvvisamente.
Il cavaliere Saponetta scruta dentro la grotta.
Guarda in alto, guarda in basso:
non riesce a vedere niente.
Poi si sente un colpo. È così forte da far male
alle orecchie. Cos'è stato? Intorno a loro
è tutto nero, buio che più buio non si può.
«Io non vedo niente!», grida Elmo con una voce
da bambino spaventato. «Voglio tornare a casa!
Dove c'è la luce e dove tutto è normale.
Non mi piace qui! Non mi piace per niente!».

La voce di Elmo si fa piccola piccola,
sempre più sottile e spaventata.

IN TRAPPOLA

Il cavaliere Saponetta si volta e ritorna
verso il buco. Tasta con la mano lì dove
prima c'era l'entrata e scopre che adesso
c'è una roccia davanti! Non è una roccia qualsiasi,
è un pietrone grande e grosso:
lui ed Elmo non possono più uscire.

«Siamo in trappola!», grida il cavaliere Saponetta.
Poi la vede.
Da una piccola fessura entra un raggio di luce
e Roger riesce a notare che sulla roccia,
c'è una lettera. È per lui.

"Caro cavaliere Saponetta,
La storia del drago? Ma me la sono inventata.
È stato facile: ho incendiato una casa.
Ho disegnato qualche impronta nella sabbia.
Ho lanciato un paio di fialette puzzolenti,
di quelle che si usano a Carnevale,
e tu ci sei cascato! Ah! Ah! Ah!
Ci sei cascato proprio come un pollo!
E adesso sposerò la principessa Linda,
ammazzerò il re e diventerò il capo di tutto.
Tu invece sei solo uno sciocco. Cos'altro posso dire?

Cordialissimi saluti,
Conte Grigio

PS: Elmo, è vero: tu hai ancora molto da imparare".

Il cavaliere Saponetta la legge e la rilegge.
Sono caduti in una trappola terribile:
sono chiusi dentro senza niente da mangiare
e da bere. E di aria non ce n'è così tanta.
«Vedi? Te l'avevo detto io!», esclama il cavaliere
Saponetta rivolgendosi al povero Elmo.

Lui, da parte sua, balbetta: «E io che pensavo che fosse un grande. Quanto sono stato sciocco! Il conte Grigio è un grande farabutto. Altroché! Non me n'ero accorto per niente. E poi non è affatto forte. È solo falso e bugiardo!».

«Ma ora è troppo tardi! Moriremo qui dentro, tutti e due!», geme il cavaliere Saponetta.

È PROPRIO LA FINE?

Una cosa così, Elmo, non l'aveva
mai vista prima: il cavaliere Saponetta,
il grande e valoroso guerriero, piange.
Ha il naso tutto rosso
e le lacrime gli colano nei baffi.

«È proprio la fine!», singhiozza.
«Morirò. E cos'è stata la mia vita?
Combattere, combattere e combattere.
Tutto qua». E continua a piangere disperato.
«Ma no», gli dice Elmo. «Non moriremo.
O almeno, non adesso».

Adelmo ha una faccia diversa.
È deciso, tranquillo, pieno di coraggio.
«Perché? Come fai a dirlo?».
«Devo ancora pensare. Pensare molto,
ma molto intensamente. Così!»,
dice Elmo e gli indica
la fronte tutta aggrottata
per il grande pensare.

Il cavaliere Saponetta sospira. E piange.
«Ma come pensi che potremmo uscire di qui?».
«Come dicevate voi prima:
dobbiamo essere furbi».
«Beh, Elmo: tu in questo non hai mai brillato...».
Ma Elmo è così concentrato che nemmeno
la sente, la cattiveria del cavaliere Saponetta.
«Io ho un piano», gli dice. Afferra la sua spada
e comincia a scavare nella terra.

«Ma cosa stai facendo adesso?».
«Scavo. Scavo un bel buco».
«Ma non ha nessun senso!»,
gli dice il cavaliere Saponetta esasperato.
«Vedremo», dice Elmo tranquillo.
Il sudore gli cola giù dalla schiena, ma lui
non molla. Continua, va avanti, ha speranza.
Un sacco di speranza.

Passa un'ora, ma il buco non è molto più grande.
È ancora piccolo, troppo piccolo,
così non ce la faranno mai a uscire.
Elmo alza lo sguardo.
«Toglietevi la corazza», dice.
«Non se ne parla nemmeno! Un cavaliere
non si toglie mai l'armatura. Salvo che
per fare il bagno o per andare a letto!».

«Adesso però bisogna toglierla».
«Ma... ma poi mi sporco!»,
strilla il cavaliere Saponetta.
«Volete uscire sì o no? O preferite rimanere
qui dentro?», gli chiede Elmo.
«Voglio uscire, che domande...».

«Allora toglietevi l'armatura!», gli ordina Elmo.
E lo fa con un tono severo e autorevole
che sorprende anche lui.
"Questo nuovo Elmo non lo conosco ancora,
però mi piace", si dice.
Il cavaliere Saponetta obbediente
si toglie l'elmo e poi tutto il resto dell'armatura,
fino a formare un grosso mucchio di ferro.

UN BRAVISSIMO CAVALIERE

«E adesso?», chiede il cavaliere Saponetta. È lì, al buio, in mutande, ha freddo e paura. Lo scudiero prende l'elmo e lo gira: così assomiglia a un vaso.

Inizia a riempirlo di terra. «Ma me lo sporchi tutto!», protesta Roger de Sen Tro Pè tremando. Poi però capisce l'idea di Elmo: vuole usare il suo cimiero come una pala, per scavare meglio il famoso buco. L'idea infatti funziona, e il buco diventa sempre più grande. Il cavaliere Saponetta prende un pezzo della corazza e si mette a scavare anche lui come Elmo. Insieme scavano un buco sempre più profondo, così da superare la roccia e arrivare dall'altra parte.

«Che puzza qui sotto!». Il cavaliere Saponetta storce il naso. Si sente come una talpa. Sottoterra tutto è sporco, e umido, e strano. E ci sono lombrichi che brulicano dovunque. Ha i capelli tutti appiccicati. Servirebbe uno sciampo. Ma va avanti, lui vuole una cosa sola: uscire vivo da lì, da quel buco nero.

«Vedo la luce!», grida a un tratto Elmo.
Ha la bocca e le mani piene di terra,
ma è così contento. È vivo.
Esce dal buco in fretta, stringe gli occhi,
la luce è forte. Poi dà una mano al cavaliere
Saponetta e tira fuori anche lui.

Roger de Sen Tro Pè respira l'aria
a pieni polmoni. Non è mai stato così sporco,
ma non è neanche mai stato così contento.
Ha un sorriso che va da un orecchio all'altro.
«Sei coraggioso, Elmo», dice.
Elmo diventa rosso.
«E sarai un bravissimo cavaliere».
Elmo diventa ancora più rosso, e chiude
gli occhi per quanto è orgoglioso e contento.

«Dov'è quel conte?», chiede Elmo con voce dura.
«Gli daremo una bella lezione!»,
proclama il cavaliere Saponetta.
Poi cavaliere e scudiero si guardano.
«Il re!», esclamano in coro.
Il conte Grigio vuole ucciderlo.
Solo loro possono salvarlo.
Partono come fulmini giù per la montagna
e giù per la valle. Pecora fa del suo meglio
e Gaston galoppa veloce. In fondo, lontano,
si intravede già il castello del re.

UN GRANDE EROE

«...E poi sono stati divorati dal drago.
Tutti e due. Uno dopo l'altro. Un vero peccato»,
conclude il conte Grigio.
Il re impallidisce, si accascia sul trono.
Il suo cavaliere migliore è morto.
E anche il suo scudiero. È una tragedia terribile.

Il conte Grigio invece è tutto in ghingheri.
Non sta zitto un momento. Parla, racconta,
gesticola: «A momenti il drago divorava anche me.
Ci è mancato poco, pochissimo,
ma io – *zac!* – gli ho tagliato la testa!».
«Veramente?», chiede il re con gli occhi sgranati.
«Come è vero che sono qui davanti a voi!».
«Sei un eroe, conte Grigio».
«È vero», dice il conte Grigio. «Sono proprio
un eroe! Già che ci siamo: potrei avere
la mano della principessa Linda?».

Ma il re lo interrompe e dice: «Prima cantiamo
in ricordo di Roger de Sen Tro Pè,
il cavaliere Saponetta! Era un uomo buono,
ed è stato un onore per tutti noi conoscerlo.
E vale anche per il povero Elmo, del resto.
Per quanto avesse ancora molto da imparare...».
Tutti insieme, cantano una canzone
per il cavaliere Saponetta e il suo scudiero.

Il conte Grigio canta più forte di tutti.
Ci sono anche la principessa Linda
e la principessa Lucy. Linda canta,
Lucy invece sta in silenzio e tiene d'occhio
la finestra. Ha visto un'ombra,
e poi un'altra, passare fugaci.
Ha visto un paio di baffi svolazzanti
e ha visto un naso aguzzo.

Possibile?

UNA SPORCA BUGIA

«Sei un bugiardo!», grida il cavaliere Saponetta.
Entra nel castello a grandi passi,
brandendo la spada. I suoi occhi sputano fuoco.
Il re non può credere a quello che vede.
«Il cavaliere Saponetta? Ma tu sei morto!
Sei stato divorato dal drago!».
«Niente affatto! Sentite qua!»,
dice il cavaliere Saponetta.

Il re tocca il braccio del cavaliere,
poi la guancia. Non riesce a capire.
«Ma tu non puoi essere Roger de Sen Tro Pè!
Il cavaliere Saponetta è sempre pulito
e profumato. E tu sei tutto sporco!».
«Fatemi portare una spugna umida»,
chiede il cavaliere Saponetta.
Si lava la faccia e allora il re lo riconosce.
«Sei proprio tu! Ma com'è possibile?».

Non ci capisce niente.
Guarda la regina. Nemmeno lei capisce.
«Abbiamo sentito che sei stato divorato dal drago!».
«Non c'è nessun drago. Era una sporca bugia,
architettata da quello lì!».
Roger punta la spada verso il conte Grigio
e accompagna le sue parole con uno sputacchio
per terra. Non si fa, non è educato (non è educato
per niente), ma lui è così arrabbiato. È furibondo!
«Cosa?», dicono tutti in coro.
Tutti gli occhi sono puntati verso il conte Grigio.
«E poi ha provato ad ucciderci!», grida Elmo.

Ma il conte Grigio non fa una piega,
afferra in fretta la principessa Linda
e scappa dal castello.
Con la principessa ben stretta sotto il braccio.
«Fermatelo!» ordina il re con voce possente.

Ma è già troppo tardi. Il conte Grigio ha legato
la principessa Linda sulla groppa di Macho,
è saltato in sella ed è partito al galoppo.
La principessa Linda strilla.
«Aiuto! Salvatemi, vi prego!».
Ma una gran nuvola di polvere li inghiotte
in un baleno.

UN CAVALLO FOCOSO

Il cavaliere Saponetta fila fuori in tutta fretta,
salta in sella a Gaston e schizza all'inseguimento.
Dietro di sé sente Elmo
che galoppa in groppa a Pecora.
Il conte Grigio è un puntino lontano.
Lo inseguono a lungo, veloci come il vento,
su e giù per le colline.

«Che grandissimo furfante!»,
esclama il cavaliere Saponetta.
«È proprio vero!», concorda Elmo.
Ma la voce non è quella di Elmo. Roger si gira
a guardare e infatti non c'è affatto Elmo
a fianco a lui! Ma c'è la principessa Lucy!

«E tu cosa ci fai qui?»,
chiede il cavaliere Saponetta.
«Voglio salvare mia sorella»,
risponde la principessa.
«E Adelmo, dov'è?».

«Stavolta sono stata più svelta di lui»,
risponde lei.
Il cavaliere Saponetta sprona Gaston
e anche Lucy accelera.
Monta come un cavaliere provetto,
perfino su un cavallo strano come Pecora.
«Che cavallo focoso», dice Lucy. «È velocissimo!».
«Ma solo con te in groppa, è così»,
dice il cavaliere Saponetta.

UNA PRINCIPESSA FORTE

Sentono da lontano le grida della principessa Linda.
«Ci vediamo dopo», dice la principessa Lucy
e sparisce nel bosco, prendendo
una scorciatoia sconosciuta.
«Principessa? Ehi, aspetta!», le grida dietro
il cavaliere Saponetta. Ma lei è già scomparsa:
proprio ora, che cominciava a piacergli,
il fatto di avere una principessa al suo fianco.
E non una principessa qualunque (bella, pulita
e graziosa), no: una principessa coraggiosa,
una ragazza grintosa e piena di forza.

Ecco, finalmente vede le spalle del conte Grigio.
Lo ha quasi raggiunto, manca poco e...
Chi vede arrivare dall'altra parte?
La principessa Lucy!
Eccola che corre verso il conte Grigio
a grande velocità.
Lo stanno accerchiando, uno di qua
e l'altra di là. Adesso il conte Grigio
non può andare avanti, perché davanti
c'è la principessa Lucy, e non può tornare indietro,
perché lì c'è il cavaliere Saponetta.
Macho si spaventa, s'impenna
(si impenna sempre questo Macho), e *bum!*
Il conte Grigio cade dal cavallo.

Anche Linda cade dal cavallo, ma il cavaliere
Saponetta si lancia e la raccoglie al volo.
«Presa!».

Macho scappa nel bosco e sparisce in un istante.
Il conte Grigio prova a correre via
a gambe levate, ma la principessa Lucy
lo insegue ancora.
«Sììì!», grida, e intanto gira la sua lunga collana
come fosse un lazo.
La lancia e il conte Grigio crolla nella polvere.
La principessa Lucy si butta su di lui.
«Ah! Ah! Ti ho preso!», strilla contenta.
Il conte Grigio cerca di liberarsi, ma Lucy è forte,
si siede sulla sua schiena.
«Ahia, mi fai male!», protesta il conte Grigio.

Il cavaliere Saponetta
aiuta la principessa Linda
a salire in sella vicino a lui.
«È andato tutto bene, visto?»,
la tranquillizza.
«Ma tu perché
sei in mutande?»,
gli chiede lei.
«Poi ti spiego».

NON FARE IL TIMIDO!

La regina è fuori di sé dalla gioia
e abbraccia e bacia la principessa Linda.
Anche il re è contento come un bambino.
Sua figlia è viva, ed è tornata a casa.
Il conte Grigio viene rinchiuso in cantina.
È buia e puzza di muffa. Da mangiare
gli danno un tozzo di pane duro.
Nella cantina con lui c'è solo un grosso ragno.

«Cavaliere Saponetta, vieni qui un momento»,
dice il re Felix.
Il cavaliere Saponetta obbedisce.
«Sbaglio, o mi stavi dicendo qualcosa
a proposito della mano di una delle mie figlie?»,
gli chiede il re.
All'inizio Roger non capisce, ma poi vede il re
che indica le principesse, prima Linda, poi Lucy.
«Non ho capito bene di quale delle due
volevi chiedermi la mano...».

Il cavaliere Saponetta apre la bocca
per parlare, ma la voce non esce.
«Su, su, dai. Non fare il timido!», dice il re.
«Dopo tutto quello che hai fatto, mi sembra
proprio il minimo. E io non avrei proprio
niente in contrario a un matrimonio».

Il cavaliere Saponetta si schiarisce la gola,
poi dice: «Ehm, io... ho capito che la ragazza
dei miei sogni è... È la principessa Lucy!».
La principessa Lucy si butta tra le sue braccia
con un salto acrobatico.
«Lo speravo tanto anche io!», gli dice felice.
Il cavaliere Saponetta e la principessa
si guardano. Lui è raggiante, lei anche.

Il re dice: «Ma devi sapere, Roger, che Lucy
non è molto ordinata. Non proprio...».
«Non importa», dice il cavaliere Saponetta.

«È forte, e molto coraggiosa. E anche Elmo, cioè Adelmo, lo è. Siamo riusciti a uscire dalla grotta solo grazie a lui, e se lui non ci fosse stato, io adesso sarei morto».
«Davvero?», chiede il re.
«Ma non aveva ancora molto da imparare?».
«Sì, ma adesso è pronto», dice il cavaliere Saponetta.

«E allora, caro Adelmo, ti nomino cavaliere».
Elmo si inginocchia e il re gli tocca con la spada prima la spalla sinistra, poi la destra.
E poi gliela consegna tra le mani.
È una bellissima spada.
«Usala con saggezza», gli raccomanda.
«Lo farò, sire», promette Elmo.

Si alza. Ora è cavaliere anche lui.
Un cavaliere vero.
Non riesce quasi a crederci.
«Evviva il cavaliere Elmo!», esclama la principessa Linda.
Gli dà la mano e Elmo la stringe forte, emozionato.

L'ORA DELLA FESTA

«Ma adesso è ora di dare
una festa!», esclama il re.
E non una festa qualunque,
no: la festa più bella del reame.
Ci sono un sacco di motivi
per festeggiare, quindi tutti sono invitati.

Il cuoco mescola e mescola nel suo pentolone.
Cucina e cuoce e soffrigge. C'è prosciutto
e cavolo arrosto. C'è il pane bianco e la torta,
e ci sono perfino le pere caramellate.
E non c'è festa senza balli! Finalmente!
Compare anche Bob che mostra a tutti
i passi da fare. «*Look here!* Guardate», dice.
«Il quick step si balla così».
Il cavaliere Saponetta prende Lucy
a braccetto. Sembra che volino.
Danzano insieme, loro sì, che sono capaci!

Re Felix se ne sta a guardare soddisfatto.
«Roger, sei proprio bravo a ballare.
Bravo proprio. Come si fa?».
E il cavaliere Saponetta fa vedere come si fa.
Allora il re invita la regina, e anche Felix
e Anna si lanciano in un quick step!

Elmo danza con la principessa Linda.
Il fabbro danza con il suo stivale di ferro.
Tutti danzano, anche gli altri cavalieri.
La principessa Lucy indossa un bel vestito rosso. E sopra c'è una sola macchia.
Il cavaliere Saponetta ha un elegante abito grigio. Anche il suo elegante abito grigio ha una macchia.
Ma della macchia, questa volta, non gli importa niente, gli va bene così.
Molto bene.

INDICE